Bestiario

Narrativa

Biografía

Juan José Arreola (Ciudad Guzmán, 1918 - Guadalajara, 2001) empezó a escribir a los diez años. Tuvo los empleos más diversos: aprendiz de encuadernador, dependiente en una tienda de abarrotes, cobrador, peón de campo, vendedor de tepache, panadero y periodista, entre muchos otros. Estudió teatro en la ciudad de México con Fernando Wagner, Xavier Villaurrutia y Rodolfo Usigli. En 1944 fue becado para estudiar arte dramático en Francia. De regreso trabajó como corrector en el Fondo de Cultura Económica. A los 31 años publicó su primer libro: *Varia invención* (1949) y, paso a paso, su obra logró importantes reconocimientos, como el premio Xavier Villaurrutia (1963), el Nacional de Letras y Lingüística (1979) y el Internacional de Literatura Juan Rulfo (1992) entre otros. Impartió diversos talleres literarios que fueron decisivos para las nuevas generaciones de escritores. El conductor de programas televisivos, el apasionado jugador de ajedrez, falleció en su natal Jalisco dejando en su labor literaria y periodística un valioso legado cultural.

Juan José Arreola

Bestiario

Bajo el sello editorial BOOKET M.R.
Avenida Presidente Masarik núm. 111,
Piso 2, Polanco V Sección, Miguel Hidalgo
C.P. 11560, Ciudad de México
www.planetadelibros.com.mx

Diseño e ilustración de portada: Carlos Palleiro
Fotografía del autor: Juan Miranda

Edición original (UNAM): 1959
Primera edición en *Obras de Juan José Arreola*: julio de 1972
Primera edición en Booket: agosto de 2006
Primera edición en esta presentación de Booket: julio de 2015
Séptima reimpresión en esta presentación de Booket: julio de 2024
ISBN: 978-607-07-2898-3

Impreso en los talleres de Impregráfica Digital, S.A. de C.V.
Av. Coyoacán 100-D, Valle Norte, Benito Juárez
Ciudad de México, C.P. 03103
Impreso y hecho en México – *Printed and made in Mexico*

Prólogo

Ama al prójimo desmerecido y chancletas. Ama al prójimo maloliente, vestido de miseria y jaspeado de mugre.

Saluda con todo tu corazón al esperpento de butifarra que a nombre de la humanidad te entrega su credencial de gelatina, la mano de pescado muerto, mientras te confronta su mirada de perro.

Ama al prójimo porcino y gallináceo, que trota gozoso a los crasos paraísos de la posesión animal.

Y ama a la prójima que de pronto se transforma a tu lado, y con piyama de vaca se pone a rumiar interminablemente los bolos pastosos de la rutina doméstica.

Bestiario

El rinoceronte

El gran rinoceronte se detiene. Alza la cabeza. Recula un poco. Gira en redondo y dispara su pieza de artillería. Embiste como ariete, con un solo cuerno de toro blindado, embravecido y cegato, en arranque total de filósofo positivista. Nunca da en el blanco, pero queda siempre satisfecho de su fuerza. Abre luego sus válvulas de escape y bufa a todo vapor.

(Cargados con armadura excesiva, los rinocerontes en celo se entregan en el claro del bosque a un torneo desprovisto de gracia y destreza, en el que sólo cuenta la calidad medieval del encontronazo.)

Ya en cautiverio, el rinoceronte es una bestia melancólica y oxidada. Su cuerpo de muchas piezas ha sido armando en los derrumbaderos de la prehistoria, con láminas de cuero troqueladas bajo la presión de los niveles geológicos.

Pero en un momento especial de la mañana, el rinoceronte nos sorprende: de sus ijares enjutos y resecos, como agua que sale de la hendidura rocosa, brota el gran órgano de vida torrencial y potente, repitiendo en la punta los motivos cornudos de la cabeza animal, con variaciones de orquídea, de azagaya y alabarda.

Hagamos entonces homenaje a la bestia endurecida y abstrusa, porque ha dado lugar a una leyenda hermosa. Aunque parezca imposible, este atleta rudimentario es el padre espiritual de la criatura poética que desarrolla en los tapices de la Dama, el tema del Unicornio caballeroso y galante.

Vencido por una virgen prudente, el rinoceronte carnal se transfigura, abandona su empuje y se agacela, se acierva y se arrodilla. Y el cuerno obtuso de agresión masculina se vuelve ante la doncella una esbelta endecha de marfil.

El sapo

Salta de vez en cuado, sólo para comprobar su radical estático. El salto tiene algo de latido; viéndolo bien, el sapo es todo corazón.

Prensado en un bloque de lodo frío, el sapo se sumerge en el invierno como una lamentable crisálida. Se despierta en primavera, consciente de que ninguna metamorfosis se ha operado en él. Es más sapo que nunca, en su profunda desecación. Aguarda en silencio las primeras lluvias.

Y un buen día surge de la tierra blanda, pesado de humedad, henchido de savia rencorosa, como un corazón tirado al suelo. En su actitud de esfinge hay una secreta proposición de canje, y la fealdad del sapo aparece ante nosotros con una abrumadora cualidad de espejo.

El bisonte

Tiempo acumulado. Un montículo de polvo impalpable y milenario; un reloj de arena, una morrena viviente: esto es el bisonte en nuestros días.

Antes de ponerse en fuga y dejarnos el campo, los animales embistieron por última vez, desplegando la manada de bisontes como un ariete horizontal. Pues evolucionaron en masas compactas, parecían modificaciones de la corteza terrestre con ese aire individual de pequeñas montañas; o una tempestad al ras del suelo por su aspecto de nubarrones.

Sin dejarse arrebatar por esa ola de cuernos, de pezuñas y de belfos, el hombre emboscado arrojó flecha tras flecha y cayeron uno por uno los bisontes. Un día se vieron pocos y se refugiaron en el último redil cuaternario.

Con ellos se firmó el pacto de paz que fundó nuestro imperio. Los recios toros vencidos nos entregaron el orden de los bovinos con todas sus reservas de carne y leche. Y nosotros les pusimos el yugo además.

De esa victoria de todos nos ha quedado un galardón: el último residuo de nuestra fuerza corporal es lo que tenemos de bisonte asimilado.

Por eso, en señal de respetuoso homenaje, el primitivo que somos todos hizo con la imagen del bisonte su mejor dibujo de Altamira.

Aves de rapiña

¿Derruida sala de armas o profanada celda monástica? ¿Qué pasa con los dueños del libre albedrío?

Para ellos, la altura soberbia y la suntuosa lejanía han tomado bruscamente las dimensiones de un modesto gallinero, una jaula de alambres que les veda la pura contemplación del cielo con su techo de láminas.

Todos, halcones, águilas o buitres, repasan como frailes silenciosos su libro de horas aburridas, mientras la rutina de cada día miserable les puebla el escenario de deyecciones y de vísceras blandas: triste manjar para sus picos desgarradores.

Se acabaron para siempre la libertad entre la nube y el peñasco, los amplios círculos del vuelo y la caza de altanería. Plumas remeras y caudales se desarrollan en balde; los garfios crecen, se afilan y se encorvan sin desgaste en la prisión, como los pensamientos rencorosos de un grande disminuido.

Pero todos, halcones, águilas o buitres, disputan sin cesar en la jaula por el prestigio de su común estirpe carnicera. (Hay águilas tuertas y gavilanes desplumados.)

Entre todos los blasones impera el blanco purísimo del Zopilote Rey, que abre sobre la carroña sus alas como cuarteles de armiño en campo de azur, y que ostenta una cabeza de oro cincelado, guarnecida de piedras preciosas.

Fieles al espíritu de la aristocracia dogmática, los rapaces observan hasta la última degradación su protocolo de corral. En el escalafón de las perchas nocturnas, cada quien ocupa su sitio por rigurosa jerarquía. Y los grandes de arriba, ofenden sucesivamente el timbre de los de abajo.

El avestruz

A grito pelado, como un tubo de órgano profano, el cuello del avestruz proclama a los cuatro vientos la desnudez radical de la carne ataviada. (Carente de espíritu a más no poder, emprende luego con todo su cuerpo una serie de variaciones procaces sobre el tema del pudor y la desvergüenza.)

Más que pollo, polluelo gigantesco entre pañales. El mejor ejemplo sin duda para la falda más corta y el escote más bajo. Aunque siempre está a medio vestir, el avestruz prodiga sus harapos a toda gala superflua, y ha pasado de moda sólo en apariencia. Si sus plumas "ya no se llevan", las damas elegantes visten de buena gana su inopia con virtudes y perifollos de avestruz: el ave que se engalana pero que siempre deja la íntima fealdad al descubierto. Llegado el caso, si no esconden la cabeza, cierran por lo menos los ojos "a lo que venga". Con sin igual desparpajo lucen su liviandad de criterio y engullen cuanto se les ofrece a la vista, entregando el consumo al azar de una buena conciencia digestiva.

Destartalado, sensual y arrogante, el avestruz representa el mejor fracaso del garbo, moviéndose siempre con descaro, en una apetitosa danza macabra. No puede extrañarnos entonces que los expertos jueces del Santo Oficio idearan el pasatiempo o vejamen de emplumar mujeres indecentes para sacarlas desnudas a la plaza.

Insectiada

Pertenecemos a una triste especie de insectos, dominada por el apogeo de las hembras vigorosas, sanguinarias y terriblemente escasas. Por cada una de ellas hay veinte machos débiles y dolientes.

Vivimos en fuga constante. Las hembras van tras de nosotros, y nosotros, por razones de seguridad, abandonamos todo alimento a sus mandíbulas insaciables.

Pero la estación amorosa cambia el orden de las cosas. Ellas despiden irresistible aroma. Y las seguimos enervados hacia una muerte segura. Detrás de cada hembra perfumada hay una hilera de machos suplicantes.

El espectáculo se inicia cuando la hembra percibe un número suficiente de candidatos. Uno a uno saltamos sobre ella. Con rápido movimiento esquiva el ataque y despedaza al galán. Cuando está ocupada en devorarlo, se arroja un nuevo aspirante.

Y así hasta el final. La unión se consuma con el último superviviente, cuando la hembra, fatigada y relativamente harta, apenas tiene fuerzas para decapitar al macho que la cabalga, obsesionado en su goce.

Queda adormecida lago tiempo triunfadora en su campo de eróticos despojos. Después cuelga del árbol inmediato un grueso cartucho de huevos. De allí nacerá otra vez la muchedumbre de las víctimas, con su infalible dotación de verdugos.

El carabao

Frente a nosotros el carabao repasa interminablemente, como Confucio y Laotsé, la hierba frugal de unas cuantas verdades eternas. El carabao, que nos obliga a aceptar de una vez por todas la raíz oriental de los rumiantes.

Se trata simplemente de toros y de vacas, es cierto, y poco hay en ellos que justifique su reclusión en las jaulas de un parque zoológico. El visitante suele pasar de largo ante su estampa casi doméstica, pero el observador atento se detiene al ver que los carabaos parecen dibujados por Utamaro.

Y medita: mucho antes de las hordas capitaneadas por el Can de los Tártaros, las llanuras de occidente fueron invadidas por inmensos tropeles de bovinos. Los extremos de ese contingente se incluyeron en el nuevo paisaje, perdiendo poco a poco las características que ahora nos devuelve la contemplación del carabao: anguloso desarrollo de los cuartos traseros y profunda implantación de la cola, final de un espinazo saliente que recuerda la línea escotada de las pagodas; pelaje largo y lacio; estilización general de la figura que se acerca un tanto al reno y al okapí. Y sobre todo los cuernos, ya francamente de búfalo: anchos y aplanados en las bases casi unidas sobre el testuz, descienden luego a los lados en una doble y amplia curvatura que parece escribir en el aire la redonda palabra carabao.

Felinos

El que sacó de la leonera el guante de Doña Juana; Don Quijote que mantiene a raya dos fieras con pura grandeza de alma; Androcles sereno y sin retórica (el león ya no se acordaba de la espina); los mártires cristianos que se metieron por la fuerza en las fauces hambrientas; y el Vizconde de los Asilos que estropeó un espectáculo circense al poner un sándwich en la boca del Rey de la Selva sin látigo y sin silla plegadiza, han hecho del oficio de domador uno de los más desprestigiados en nuestros días.

En realidad el león sobrelleva a duras penas la terrible majestad de su aspecto: el cuerpo del edificio no corresponde a la fachada y es como su alma, bastante perruno y desmedrado. Sigue siendo un carnívoro gracias a ciertos súbditos que realizan para él oficio de verdugos. El león se presenta intempestivamente en los banquetes salvajes y a base de prestancia pone en fuga a los comensales. Luego devora solitario y lleno de remordimientos los restos de una presa que nunca captura personalmente. Si de ellos dependiera, todos los leones que ambulan por la selva estarían ya enjaulados, triturando fémures y costillares de caballo tras de innecesarios barrotes. En fin de cuentas, nunca son tan felices como al verse hechos de mármol y de bronce o estampados por lo menos en los alarmantes carteles del circo. La falta de melena hace que muchos felinos se busquen por sí mismos el sustento. De allí la innegable superioridad de tigres, panteras y leopardos, que a veces logran forjarse una leyenda atacando piezas de ganados mayor después de poner en fuga cobarde a los guardianes.

Si no domesticamos a todos los felinos fue exclusivamente por razones de tamaño, utilidad y costo de mantenimiento. Nos hemos conformado con el gato, que come poco y que de vez en cuando se acuerda de su origen y nos da un leve arañazo. Sólo algunos príncipes orientales pueden darse el lujo de poseer felinos en formato mayor, que ronronean como una locomotora, que son muy útiles como perros de caza, que devoran ellos solos la mitad del presupuesto palaciego, y que si llegan a distraerse y arañan, son capaces de mondar a cualquier esqueleto de toda carne superflua.

El búho

Antes de devorarlas, el búho digiere mentalmente a sus presas. Nunca se hace cargo de una rata entera si no se ha formado un previo concepto de cada una de sus partes. La actualidad del manjar que palpita en sus garras va haciéndose pasado en la conciencia y preludia la operación analítica de un lento devenir intestinal. Estamos ante un caso de profunda asimilación reflexiva.

Con la aguda penetración de sus garfios el búho aprehende directamente el objeto y desarrolla su peculiar teoría del conocimiento. La *cosa en sí* (roedor, reptil o volátil) se le entrega no sabemos cómo. Tal vez mediante el zarpazo invisible de una intuición momentánea; tal vez gracias a una lógica espera, ya que siempre nos imaginamos el búho como un sujeto inmóvil, introvertido y poco dado a las efusiones cinegéticas de persecución y captura. ¿Quién puede asegurar que para las criaturas idóneas no hay laberintos de sombra, silogismos oscuros que van a dar en la nada tras la breve cláusula del pico? Comprender al búho equivale a aceptar esta premisa.

Armonioso capitel de plumas labradas que apoya una metáfora griega; siniestro reloj de sombra que marca en el espíritu una hora de brujería medieval: ésta es la imagen bifronte del ave que emprende el vuelo al atardecer y que es la mejor viñeta para los libros de filosofía occidental.

El oso

Entre la abierta hostilidad del lobo, por ejemplo, y la abyecta sumisión del mono, que es capaz de sentarse en familia a desayunar en nuestra mesa, existe la cordial mesura del oso que baila y monta en bicicleta, pero que puede excederse y triturarnos en el abrazo. Con él siempre es posible entablar amistad, guardando las distancias, si es que no llevamos un panal en la mano. Como su cabeza oscilante, el alma del oso vacila entre la esclavitud y la rebeldía. Señal de la condición es el pelaje: si blanco, sanguinaria; si negro, bondadosa. Por fortuna, el oso manifiesta sus diversos estados de ánimo con todos los matices del gris y del pardo.

Quienes han encontrado un oso en el bosque saben que al vernos se pone inmediatamente de pie, con ademán de reconocimiento y saludo. (El resto de la entrevista depende exclusivamente de nosotros.) Si se trata de mujeres, nada hay que temer, ya que el oso tiene por ellas un respeto ancestral que delata claramente su condición de hombre primitivo. Por más adultos y atléticos que sean, conservan algo de bebé: ninguna mujer se negaría a dar a luz un osito. En todo caso, las doncellas siempre tienen uno en su alcoba, de peluche, como un feliz augurio de maternidad.

Confesémoslo: tenemos con ellos un común pasado cavernícola. El oso de la espelunca es el más abundante de los fósiles, y su distribución acompaña a todas las migraciones humanas de la prehistoria. En nuestros días, la osera sigue siendo la más confortable de las habitaciones feroces.

Latinos y germanos estuvieron de acuerdo en rendir culto al oso, bautizando con las derivaciones de su nombre *(Ursus y Bera)* una extensa serie de santos, de héroes y ciudades.

El elefante

Viene desde el fondo de las edades y es el último modelo terrestre de maquinaria pesada, envuelto en su funda de lona. Parece colosal porque está construido con puras células vivientes y dotado de inteligencia y memoria. Dentro de la acumulación material de su cuerpo, los cinco sentidos funcionan como aparatos de precisión y nada se les escapa. Aunque de pura vejez hereditaria son ahora calvos de nacimiento, la congelación siberiana nos ha devuelto algunos ejemplares lanudos. ¿Cuántos años hace que los elefantes perdieron el pelo? En vez de calcular, vámonos todos al circo y juguemos a ser los nietos del elefante, ese abuelo pueril que ahora se bambolea al compás de una polka…

No. Mejor hablemos del marfil. Esa noble sustancia, dura y uniforme, que los paquidermos empujan secretamente con todo el peso de su cuerpo, como una material expresión de pensamiento. El marfil, que sale de la cabeza y que desarrolla en el vacío dos curvas y despejadas estalactitas. En ellas, la paciente fantasía de los chinos ha labrado todos los sueños formales del elefante.

Topos

Después de una larga experiencia, los agricultores llegaron a la conclusión de que la única arma eficaz contra el topo es el agujero. Hay que atrapar al enemigo en su propio sistema.

En la lucha contra el topo se usan ahora unos agujeros que alcanzan el centro volcánico de la tierra. Los topos caen en ellos por docenas y no hace falta decir que mueren irremisiblemente carbonizados.

Tales agujeros tienen una apariencia inocente. Los topos, cortos de vista, los confunden con facilidad. Más bien se diría que los prefieren, guiados por una profunda atracción.

Se les ve dirigirse en fila solemne hacia la muerte espantosa, que pone a sus intrincadas costumbres un desenlace vertical.

Recientemente se ha demostrado que basta un agujero definitivo por cada seis hectáreas de terreno invadido.

Camélidos

El pelo de la llama es de impalpable suavidad, pero sus tenues guedejas están cinceladas por el duro viento de las montañas, donde ella se pasea con arrogancia, levantando el cuello esbelto para que sus ojos se llenen de la lejanía, para que su fina nariz absorba todavía más alto la destilación suprema del aire enrarecido.

Al nivel del mar, apegado a una superficie ardorosa, el camello parece una pequeña góndola de asbesto que rema lentamente y a cuatro patas el oleaje de la arena, mientras el viento desértico golpea el macizo velamen de sus jorobas.

Para el que tiene sed, el camello guarda en sus entrañas rocosas la última veta de humedad; para el solitario, la llama afelpada, redonda y femenina, finge los andares y la gracia de una mujer ilusoria.

La boa

La proposición de la boa es tan irracional que seduce inmediatamente al conejo, antes de que pueda dar su consentimiento. Apenas si hace falta un masaje previo y una lubricación de saliva superficial.

La absorción se inicia fácilmente y el conejo se entrega en una asfixia sin pataleo. Desaparecen la cabeza y las patas delanteras. Pero a medio bocado sobrevienen las angustias de un taponamiento definitivo. En ayuda de la boa trascurren los últimos instantes de vida del conejo, que avanza y desaparece propulsado en el túnel costillar por cada vez más tenues estertores.

La boa se da cuenta entonces de que asumió un paquete de graves responsabilidades, y empieza la pelea digestiva, la verdadera lucha contra el conejo. Lo ataca desde la periferia al centro, con abundantes secreciones de jugo gástrico, embalsamándolo en capas sucesivas. Pelo, piel, tejidos y vísceras son cuidadosamente tratados y disueltos en el acarreo del estómago. El esqueleto se somete por último a un proceso de quebrantamiento y trituración, a base de contracciones y golpeteos laterales.

Después de varias semanas, la boa victoriosa, que ha sobrevivido a una larga serie de intoxicaciones, abandona los últimos recuerdos del conejo bajo la forma de pequeñas astillas de hueso laboriosamente pulimentadas.

La cebra

La cebra toma en serio su vistosa apariencia, y al saberse rayada se entigrece.

Presa en su enrejado lustroso vive en la cautividad galopante de una libertad mal entendida: *Non serviam*, declara con orgullo su indómito natural. Abandonando cualquier intento de sujeción, el hombre quiso disolver el elemento indócil de la cebra, sometiéndola a viles experiencias de cruza con asnos y caballos. Todo en vano. Las rayas y la condición arisca no se borran en cebrinos ni en cébrulas.

Con el onagro y el cuaga, la cebra se complace invalidando la posesión humana del orden de los equinos. ¿Cuántos hermanos del perro se nos quedaron ya para siempre, insumisos, con oficios de lobo, de protelo y de coyote?

Limitémonos pues a contemplar a la cebra. Nadie ha llevado a tales extremos la posibilidad de henchir satisfactoriamente una piel. Golosas, las cebras devoran llanuras de pasto africano, a sabiendas de que ni el corcel árabe ni el pura sangre pueden llegar a semejante redondez de las ancas ni a igual finura de cabos. Sólo el caballo *Przewalski*, modelo superviviente del arte rupestre, alude un poco el rigor formal de la cebra.

Insatisfechas de su clara distinción espacial, las cebras practican todavía su gusto sin límites por las variantes individuales, y no hay una sola que tenga las mismas rayas que la otra. Anónimas y solípedas, pasean la enorme impronta digital que las distingue: todas cebradas, pero cada una a su manera.

Es cierto que muchas cebras aceptan de buen grado dar dos o tres vueltas en la pista del circo infantil. Pero no es menos cierto también que, fieles al espíritu de la especie, lo hacen siguiendo un principio de altiva ostentación.

Con todos sus derroches de técnica, que complican extraordinariamente su galope y sus amores, la jirafa representa mejor que nadie los devaneos del espíritu: busca en las alturas lo que otros encuentran al ras del suelo.

Pero como finalmente tiene que inclinarse de vez en cuando para beber el agua común, se ve obligada a desarrollar su acrobacia al revés. Y se pone entonces al nivel de los burros.

La hiena

Animal de pocas palabras. La descripción de la hiena debe hacerse rápidamente y casi como al pasar: triple juego de aullidos, olores repelentes y manchas sombrías. La punta de plata se resiste, y fija a duras penas la cabeza de mastín rollizo, las reminiscencias de cerdo y de tigre envilecido, la línea en declive del cuerpo escurridizo, musculoso y rebajado.

Un momento. Hay que tomar también algunas huellas esenciales del criminal: la hiena ataca en montonera a las bestias solitarias, siempre en despoblado y con el hocico repleto de colmillos. Su ladrido espasmódico es modelo ejemplar de la carcajada nocturna que trastorna al manicomio, Depravada y golosa, ama el fuerte sabor de las carnes pasadas, y para asegurarse el triunfo en

o como pisapapeles de la historia? Con esa masa de arcilla original dan ganas de modelar una nube de pájaros, un ejército de ratones que la distribuyan por el bosque, o dos o tres bestias medianas, domésticas y aceptables. Pero no. El hipopótamo es como es y así se reproduce: junto a la ternura hipnótica de la hembra reposa el bebé sonrosado y monstruoso.

Finalmente, ya sólo nos queda hablar de la cola del hipopótamo, el detalle amable y casi risueño que se ofrece como único asidero posible. Del rabo corto, grueso y aplanado que cuelga como una aldaba, como el badajo de la gran campana material. Y que está historiado con finas crines laterales, borla suntuaria entre el doble cortinaje de las ancas redondas y majestuosas.

Cérvidos

Fuera del espacio y del tiempo, los ciervos discurren con veloz lentitud y nadie sabe dónde se ubican mejor, si en la inmovilidad o en el movimiento que ellos combinan de tal modo que nos vemos obligados a situarlos en lo eterno.

Inertes o dinámicos, modifican continuamente el ámbito natural y perfeccionan nuestras ideas acerca del tiempo, el espacio y la traslación de los móviles. Hechos a propósito para solventar la antigua paradoja, son a un tiempo Aquiles y la tortuga, el arco y la flecha: corren sin alcanzarse; se paran y algo queda siempre fuera de ellos galopando.

El ciervo, que no puede estarse quieto, avanza como una aparición, ya sea entre los árboles reales o desde un boscaje de leyenda: Venado de San Huberto que lleva una cruz entre los cuernos o cierva

está llena de labios y de lenguas y las focas entran y salen relamiéndose.

Como en la gota microscópica, las focas se deslizan por las frescas entrañas del agua virgen con movimiento flagelo de zoospermos, y las mujeres y los niños miran inocentes la pantomima genética.

Perros mutilados, palomas desaladas. Pesados lingotes de goma que nadan y galopan con difíciles ambulacros. Meros objetos sexuales. Microbios gigantescos. Criaturas de vida infusa en un barro de forma primaria, con probabilidades de pez, de reptil, de ave y de cuadrúpedo. En todo caso, las focas me parecieron grises y manoseados jabones de olor intenso y repulsivo.

¿Pero qué decir de las hermanas amaestradas, de las focas de circo que sostienen una esfera de cristal en la punta de la nariz, que dan saltos de caballo sobre el tablero de ajedrez, o que soplan por una hilera de flautas los primeros compases de "La Pasión según San Mateo"?

Aves acuáticas

Por el agua y en la orilla, las aves acuáticas pasean: mujeres tontas que llevaran con arrogancia unos ridículos atavíos. Aquí todos pertenecen al gran mundo, con zancos o sin ellos, y todos llevan guantes en las patas.

El pato golondrino, el cucharón y el tepalcate lucen en las plumas un esplendor de bisutería. El rojo escarlata, el azul turquesa, el armiño y el oro se prodigan en juegos de tornasol. Hay quien los lleva todos juntos en la ropa y no es más que una gallareta banal, un bronceado corvejón que se nutre de pequeñas putrefacciones y que traduce en gala sus pesquisas de aficionado al pantano.

Pueblo multicolor y palabrero donde todos graznan y nadie se entiende. He visto al gran pelícano disputando con el ansarón una brizna de paja.

Y otra vez Bernardino de Sahagún "... y es carne delgada muy más que el capón y puede ser de vigilia. Pero altera los humores y es mala para la continencia. Dijéronme los viejos que comían *axolotl* asados que estos pejes venían de una dama principal que estaba con su costumbre, y que un señor de otro lugar la había tomado por fuerza y ella no quiso su descendencia, y que se había lavado luego en la laguna que dicen Axoltitla, y que de allí vienen los acholotes".

Sólo me queda agregar que Nemilov y Jean Rostand se han puesto de acuerdo y señalan a la ajolota como el cuarto animal que en todo el reino padece el ciclo de las catástrofes biológicas más o menos menstruales.

Los tres restantes son la hembra del murciélago, la mujer y cierta mona antropoide.

Los monos

Wolfgang Köhler perdió cinco años en Tetuán tratando de hacer pensar a un chimpancé. Le propuso, como buen alemán, toda una serie de trampas mentales. Lo obligó a encontrar la salida de complicados laberintos; lo hizo alcanzar difíciles golosinas, valiéndose de escaleras, puertas, perchas y bastones. Después de semejante entrenamiento, Momo llegó a ser el simio más inteligente del mundo; pero fiel a su especie, distrajo todos los ocios del psicólogo y obtuvo sus raciones sin trasponer el umbral de la conciencia. Le ofrecían la libertad, pero prefirió quedarse en la jaula.

Ya muchos milenios antes (¿cuántos?), los monos decidieron acerca de su destino oponiéndose a la tentación de ser hombres. No cayeron en la empresa racional y siguen todavía en el paraíso:

para intentar aproximarnos a lo que en Arreola era tan natural como el habla o la respiración. A la distancia de los años transcurridos, esta inmensa capacidad literaria me admira tanto como entonces. Algunos de sus textos, si la memoria no miente, son anteriores a esos días de diciembre de 1958: "Prólogo", "El sapo", "Topos", y quizás haya alguno posterior como "El ajolote". Sin embargo, la mayoría resuena en mi interior como los escuché por primera vez, los escribí con una pluma Sheaffer de tinta verde y los pasé a una máquina Royal para que Arreola les diera forma definitiva:

"El gran rinoceronte se detiene. Alza la cabeza. Recula un poco. Gira en redondo y dispara su pieza de artillería. Embiste como ariete, con un solo cuerno de toro blindado, embravecido y cegato, en arranque total de filósofo positivista."

Tenía 15 años cuando descubrí a Arreola en las clases de José Enrique Moreno de Tagle, maestro de tantos escritores mexicanos que hemos sido ingratos con él, a diferencia de los alumnos de Erasmo Castellanos Quinto. Moreno de Tagle nos dictaba una página diaria de la mejor prosa y nos incitaba a leer el libro completo. En la lejanísima librería del Fondo, que estaba en el campo entre México y Coyoacán y frente a un paisaje de vacas y de burros, adquirí *Confabulario* y *Varia invención* en un solo volumen.

2

Nunca pensé en conocer a Arreola. La literatura ocurría en un ámbito inalcanzable, al que sólo era posible asomarme gracias a *México en la Cultura* y la *Revista de la Universidad.* En 1965 lo vi de lejos: en el Teatro del Caballito, dentro de los programas de Poesía en Voz Alta, representó el papel de Rapaccini en la obra de Octavio Paz dirigida por Héctor Mendoza. Tiempo después Carlos Monsiváis leyó algunos de mis cuentos aparecidos en publicaciones estudiantiles y me dijo:

—Deberías llevárselos a Arreola. Va a publicar una nueva serie para jóvenes: los Cuadernos del Unicornio.

—No me atrevo. Me da pena.

—Yo hago una cita y te presento.

Nunca ha dejado de asombrarme nuestra irresponsabilidad. Un niño o una niña pasan una década de cinco horas diarias ante el piano antes de atreverse a dar un concierto para los amigos de su familia. Nosotros hacemos un primer intento y nos empeñamos en que nos publiquen, nos elogien y de ser posible hasta que nos paguen.

No iba a ser yo la excepción a la regla. Fui a la cita en un café que ya no existe en Melchor Ocampo. Monsiváis no llegó pero a los veinte minutos apareció Arreola con su hijo Orso, que entonces era muy pequeño. No me quedó más remedio que

4

Allí pasé mis 19 años, los últimos de la adolescencia. Como todos los adolescentes, pensaba que escribir era lo más fácil del mundo. Basta sentarse para tener en el plazo de una semana tres cuentos, ocho poemas, dos comedias, cinco artículos. Todo fluye, nada nos detiene. Cómo iba yo a entender algo para lo que entonces ni siquiera teníamos un nombre: el bloqueo, la angustiosa imposibilidad de escribir que tarde o temprano llega para todos.

Arreola no cobraba un centavo por impartirnos su sabiduría. Dudo que hubiéramos podido pagárselo. Creo que su único sostén, aparte de los escasos derechos por sus libros, era la beca de 500 pesos que Alfonso Reyes había logrado que El Colegio de México diera a unos cuantos escritores. Llegó Daniel Cosío Villegas y suprimió las becas. Arreola se quedó sin ningún medio para mantener a su esposa, a sus dos hijas, Claudia y Fuensanta, a su hijo Orso y para el alquiler del departamento.

Con su invariable generosidad, ese otro protector de los escritores que siempre ha sido Henrique González Casanova, entonces director general de Publicaciones de la UNAM, acudió en auxilio de Arreola. Le compró los textos de un libro futuro que se iba a llamar *Punta de plata* por ser la técnica que empleó Héctor Xavier en sus hermosos dibujos de animales.

Héctor Xavier, gran dibujante, murió en el olvido y la miseria. En los sesenta y los setenta lo visité en el edificio de Holbein donde muchas veces estaba en compañía de José Revueltas, tan pobre como él. Me pregunto si alguna vez Héctor Xavier será rescatado, si hallará admiradores que hagan con él lo que otros hicieron por Revueltas.

La ciencia ya no digamos de acumular, sino de retener el dinero no le fue dada a Arreola. Compraba y regalaba objetos indispensables por inútiles. Como Fernando Benítez, adquiría libros caros y enseguida se molestaba si no los aceptábamos como obsequio. Además nos daba vinos y quesos franceses (por mucho tiempo nuestro único alimento). El adelanto, que era el pago total de la edición, se agotó en poco tiempo. Vencieron uno tras otro los *deadlines,* los últimos plazos para la entrega, y del libro no había una sola línea.

Ahora comprendo la angustia de Arreola. Mientras más perentoria es la urgencia de entregar un texto más imposible se vuelve el sentarse a escribirlo. Se han publicado volúmenes enteros para explicar el llamado *writer's block.* Todas las explicaciones son plausibles y ninguna satisfactoria: temor al rechazo, deseo de perfección, ansiedad de no estar a la altura de lo que se hizo antes, autocastigo al privarnos de la actividad

—No hay más remedio. Me dicta o me dicta.

Arreola se tumbó de espaldas en el catre, se tapó los ojos con la almohada y me preguntó:

—¿Por cuál empiezo?

Dije lo primero que se me ocurrió:

—Por la cebra.

Entonces, como si estuviera leyendo un texto invisible, el *Bestiario* empezó a fluir de sus labios: "La cebra toma en serio su vistosa apariencia, y al saberse rayada, se entigrece. Presa de su enrejado lustroso, vive en la cautividad galopante de una libertad mal entendida."

Y así, el 14 de diciembre escuché el final del libro: "Para el macho que tiene sed, el camello guarda en sus entrañas rocosas la última veta de humedad; para el solitario, la llama afelpada, redonda y femenina, finge los andares y la gracia de una mujer ilusoria."

Henrique González Casanova recibió el manuscrito el día señalado. A comienzos de 1959 la UNAM editó *Punta de plata* con los dibujos de Héctor Xavier. El *Bestiario* se incorporó a la obra de Juan José Arreola. En mi feliz ignorancia no pensé en la historia literaria ni en los archivos. Destruí los originales a medida que los iba pasando a máquina, mientras Arreola jugaba ajedrez para compensarse el esfuerzo. Tampoco se me ocurrió rescatar de la imprenta las hojas que contenían sus modificaciones manuscritas.

Gracias a esos días finales de 1958 siento que mi paso por la tierra quedó justificado. Cuando entre en el infierno y los demonios me pregunten: —Y usted, ¿qué fue en la vida?, podré responderles con orgullo: —Amanuense de Arreola.